D'UNE SEULE VOIX

50 minutes avec toi

Cathy Ytak

ACTES SUD JUNIOR

« J'ai lutté toute ma vie pour faire
la lumière dans les coins les plus noirs.
J'ai maîtrisé ceux qui venaient
tordre le cou de la colombe,
et je l'ai aidée à s'envoler. »
Federico García Lorca,
Lorsque cinq ans seront passés.

Tout s'est passé trop vite. Je suis entré dans la pièce, je t'ai parlé, et t'es tombé. Maintenant, il faudrait que j'appelle le Samu, les pompiers. On devrait toujours avoir le numéro dans sa poche. Le numéro des gens à prévenir. Mais je reste là, sans bouger. Je ne veux surtout pas m'approcher de toi. Quand tu t'es écroulé à mes pieds, je me suis même écarté, et je n'ai rien fait pour te retenir. Je crois que ta tête a heurté un des montants du canapé. Avant, tu m'as regardé d'un air bizarre ; on aurait dit que tu ne reconnaissais plus ton fils.

On dit qu'en cas d'infarctus, toutes les minutes comptent, les premières surtout. Aujourd'hui, on installe des défibrillateurs dans les gares, les stades, et même les trains. Des lieux où les émotions sont fortes, c'est ce qu'on dit. Avec ces machines-là à proximité, un cœur peut se remettre à battre.
Mais avec toi, le mien bat dans la douleur depuis dix-sept ans, et jusqu'à présent, il y a eu peu de raisons que ça change.
Ici, il n'y a pas de défibrillateur, et pour personne.

Je me suis laissé glisser contre le mur pour m'asseoir par terre. À quelques mètres de toi. Même si je tendais les bras je ne pourrais pas te toucher. Je ne fais rien. Je ne bouge plus. Je respire tout doucement.

J'attends que le temps s'égoutte. Il est épais, le temps, et je ne ressens rien.
C'est bientôt la fin du mois d'août. Les fenêtres sont ouvertes. Il fait chaud.
Le parquet, en comparaison, semble frais sous mes fesses.
Autour de moi les murs sont blancs et nus. T'étais en train de les repeindre.
Il n'y a rien dans cette pièce que ce canapé trop lourd et trop large pour être déplacé. Il est vieux, en velours vert bouteille, tu l'as protégé en le recouvrant d'une bâche en plastique. Je le trouve hideux. C'est celui où tu prends place le soir pour regarder la télé. La télé est dans le couloir, comme les autres meubles, remisés le temps des travaux.
Il n'y a donc, ici, qu'un canapé qui masque ton visage et une partie de ton corps étendu sur le sol, des murs nus, et ce petit poste de

radio à piles qui crachote ses chansons idiotes. Tu le laisses d'habitude dans le garage, mais quand tu bricoles, t'as besoin de musique. Pour l'éteindre, il faudrait que je me relève. Sous une des fenêtres, un pot de peinture et un pinceau en équilibre dessus, à côté d'un chiffon sur lequel tu venais de t'essuyer les mains parce que j'étais entré dans la pièce en te disant : “Il faut que je te parle…”
Le reste, c'est du vide, et l'inventaire est fini.

Quand j'étais gamin et qu'il pleuvait, tu sortais des soldats en plastique d'une vieille caisse en carton pour jouer à la guerre avec moi. Je crois que tu m'aimais.
Il y a quelque part dans cette maison des photos qui l'attesteront. Et des gens qui me

les jetteront au visage en me disant : “Pourquoi t’as rien fait ?”
Parce que je ne fais rien. Je respire à peine cet air obscurci entre nous. Entre toi étendu à mes pieds, et moi, là, appuyé à la seule cloison qui n’a pas encore été repeinte.
Il fait chaud. C’est un temps suspendu. Entre surprise et impuissance.
Il a suffi que je te dise “J’arrête, j’arrête tout”, pour que tu tombes et que pour toi tout s’arrête d’un coup.

Les secondes s’égrènent et t’es toujours là, devant moi, immobile.
Moi aussi je suis immobile, mais vivant. Je ne respire pas très bien. Mon souffle est haché, emprisonné. Je ne ressens rien.
Je ne sais pas combien de minutes il va falloir que j’attende avant d’être sûr, vraiment

sûr que t'es mort. J'ai presque envie de dire : crevé, mais j'ose pas. Mort, c'est mieux, c'est normal. Crevé, on dit ça d'un chien.

Il est trop tôt. Je dois attendre encore. Je n'ai pas regardé l'heure quand t'es tombé. Comment savoir le temps accumulé, le nombre de tours que la trotteuse a effectués sur le cadran de ma montre… Ce que je sais, c'est qu'il est maintenant 15 h 45 et que je ne bouge pas. Je n'arrive pas à me concentrer sur ce qui va se passer, alors je garde les yeux clos. Je compte les secondes et remonte le temps : cinq, six, sept, quand j'étais petit, tu devais me tenir la main pour traverser les rues ou descendre les escaliers. Vingt-trois, vingt-quatre, vingt-cinq. Me porter quand j'étais fatigué. Quarante, quarante et un, quarante-deux.

Je capitule devant le premier souvenir qui fait mal.
J'ai sept ans. C'est l'été et nous sommes chez tes parents. Je pleure. T'es assis à côté de moi, et ma joue gauche est en feu. Je pleure devant un exercice de mathématiques idiot, sur un cahier de devoirs de vacances avec une illustration sur le côté. Il s'agit d'un réacteur nucléaire en coupe qui n'a, visiblement, qu'un lointain rapport avec l'exercice en question. Il fait chaud, même si les volets sont fermés pour garder la fraîcheur à l'intérieur de cette vieille bâtisse en pierre. J'entends des enfants, mes copains, jouer dans le pré voisin. La veille, nous avions décidé de disséquer une grenouille. Beaucoup plus intéressant qu'un réacteur nucléaire, mais nous n'avions pas réussi à en attraper une.
T'attends la réponse au problème de maths.

Tu t'impatientes. Celle que je te donne est fausse. Tellement fausse qu'il ne peut s'agir, selon toi, que d'une provocation gratuite. Je n'ai pas vu ton bras se lever, je n'ai pas anticipé le geste, je ne me suis pas protégé le visage. C'est la première fois que tu portes la main sur moi.

La peau qui cuit et qui gonfle un peu. Je t'ai déçu et je m'en veux. J'ai mal. Quelque chose en moi se pétrifie.

Ma grand-mère appelle au dîner. Je suis privé de dessert. Je serre les dents. Entre elles, il y a des miettes de rancœur et de tristesse qui se coincent. Ma grand-mère vient me porter une part de cake en cachette. Je la partage avec les oiseaux, sur le rebord de la fenêtre de ma chambre. J'ai vieilli d'un coup.

Je n'ai pas oublié cette première gifle, ni la trace de tes doigts marquée sur ma joue lorsque je me suis regardé dans la glace de la salle de bain, sur la pointe des pieds parce que j'étais trop petit pour l'atteindre, et que t'attendais dehors que j'aie fini de me laver les mains.

On m'a souvent raconté l'histoire de ce jeune berger qui tuait un géant à l'aide d'une misérable petite fronde. Je n'ai jamais aimé ce récit biblique. David et Goliath, c'est juste une fable pour faire patienter les petits, pour leur faire croire qu'ils pourront, un jour, tuer les géants. Comme si les pots de terre pouvaient briser les pots de fer. Comme si les aciéries pouvaient rouvrir et la misère disparaître, comme si ta main sur ma joue pouvait se transformer en caresse.

Tu n'as jamais été un père bourreau mais un père bien comme il faut, avec une femme gentille et intelligente et un fils bien élevé, sportif et bon élève, tout juste un peu trop timide et réservé.

Un père pas tout le temps au chômage, qui ne boit pas, qui ne fume pas, qui ne claque pas tout son pognon le dimanche au tiercé.

Un père qui emmène son fils unique chez le dentiste, le médecin, le conseiller d'éducation, le conseiller d'orientation.

Un père très apprécié dans son quartier, calme, souriant, serviable et discret.

Un père qui aime la musique classique et le jazz.

Un père juste parfois un peu irritable et qui déteste les paysans, les pédés, les balayeurs et les chats, sans qu'on sache d'ailleurs très bien pourquoi.

Un père qui, un jour…
Mais faut du temps pour le dire.
Il court sous ma peau un invisible mélange visqueux de peur et de haine, de courage et de démission, une lave de volcan en fusion qui, en se solidifiant, menace désormais d'emprisonner mon souffle, et ton existence.
Je dois respirer calmement.
Les premières minutes sont essentielles, elles peuvent sauver une vie.

Il faut être patient avec le temps, ne pas trop le brusquer.
Toi, tu n'as plus jamais été patient avec moi.
Tes claques sur ma nuque quand je ne comprenais pas assez vite.
Tes claques sur mes joues quand je riais trop fort.

Tes coups de pied dans mes mollets quand je regimbais.
Et, plus tard, tes mots-fouets dans ma tête pour me punir d'être heureux sans toi.
Pas trop fort, même pas mal.

La radio ne fonctionne plus. Comment est-ce possible ? Les piles sont peut-être mortes, elles aussi. Ou peut-être que je me suis levé, finalement, sans m'en rendre compte, que j'ai contourné ton corps sans te regarder, et que j'ai appuyé sur le bouton stop.
Combien de fois j'aurais aimé appuyer sur le bouton stop de ma vie ?
Des fois, plusieurs, chaque fois.
Chaque fois que tu me traitais de minable, de bon à rien.
Chaque fois que tu transformais mes seize

de moyenne en échec scolaire, parce que j'aurais pu avoir dix-sept.
Chaque fois que ton regard tuait mes velléités de sourire.
Chaque fois que j'ai cru pouvoir t'échapper, en vain.
Chaque fois que tu tentais d'étaler du miel sur mes plaies, avec la même application que tu mettais à me foutre des baffes.

Mais si t'es vraiment mort, qu'est-ce que ça fait ? Qu'est-ce que ça change ? Tu viens de Verdun, tu devrais savoir !
Verdun a longtemps été synonyme de l'enfer sur terre, à cause de la guerre de 14-18. C'est là que ton père, ton grand-père et ton arrière-grand-père sont nés, qu'ils ont grandi et vécu. Et toi aussi, quand t'étais gamin et que les aciéries de Lorraine étaient encore

en activité. D'une génération à l'autre, et toujours rue Mazel, rasée en 1916 et reconstruite après guerre.

Verdun, c'est aujourd'hui une petite ville fleurie et coquette de vingt mille habitants, mais sous les pavés il y a peut-être encore les os d'enfants morts sans sépulture, auxquels s'ajoutent les dépouilles de centaines de milliers de soldats enterrés dans les champs alentour transformés en gigantesques nécropoles.

À Verdun, le nombre des morts dépassera toujours celui des vivants.

Maintenant que la famille est partie vivre encore plus à l'est, tout près de la frontière allemande, tu collectionnes de manière quasi obsessionnelle les vieilles cartes postales de la rue Mazel dévastée. Tu les encadres et les accroches dans le couloir de la maison.

Pour aller de la salle à manger à ma chambre, je dois passer devant. Toutes des cartes postales de la rue Mazel détruite lors des bombardements de Verdun, pendant l'hiver 1916. Sur certaines, on voit l'intérieur des appartements éventrés, avec des meubles en équilibre prêts à tomber dans le vide. Des meubles en bois comme l'armoire que tu conserves précieusement dans la salle à manger. Tout le couloir avec ces cartes postales de rue bombardée jusqu'à ma chambre.
Alors la mort, elle est partout.
Lorsque mon chat s'est fait écraser par une voiture, tu m'as consolé, alors que tu détestais ce chat. Tes mots d'apaisement ne l'ont pas ramené à la vie et c'est toi que j'ai détesté en retour. Je le revois avec toutes ses tripes étalées sur la chaussée, c'était dégueulasse. Quand j'y repense, j'ai envie de vomir.

Et maintenant, il n'y a plus que les douleurs du passé qui me remontent en pleine gueule.
Je ferme les yeux et me projette dans l'avenir, le jour de ton enterrement. J'imagine un cimetière de campagne, pas trop grand, serré autour de son église, comme chez mes grands-parents. Il pleut à verse, le vent retourne les parapluies. Le sol, détrempé, emprisonne les talons hauts des femmes du coin qui sont venues te rendre un dernier hommage, en compagnie de leurs maris qui bougonnent parce qu'il flotte.
Le curé parle et le vent emporte ses paroles avec des brassées de feuilles arrachées aux arbres qui bordent le cimetière. Je grelotte, j'ai hâte que tout s'achève. Il pleut tant qu'on dirait que je pleure.
J'ouvre les yeux.

Nous sommes toujours au mois d'août, il fait une chaleur sèche et horrible dans cette pièce, les odeurs de peinture deviennent insupportables, et tout ce que j'imagine est absurde.
Tu es toujours là, étendu à quelques mètres de moi. Tu n'as pas bougé.
Et moi non plus, je n'ai pas bougé.

Si le téléphone sonne, et si c'est ma mère qui appelle, je lui dirai la vérité :
"Il est tombé comme ça, d'un coup, et je ne sais pas quoi faire."
Parce que c'est vrai. Je ne sais pas quoi faire.
Mon téléphone, de toute façon, est resté dans la pièce d'à côté. Je ne suis pas sûr que je l'entendrais sonner, je le laisse souvent sur mode vibreur.

Un jour, en vacances dans le Jura, on a ressenti les secousses d'un petit tremblement de terre.
Ça a commencé comme le bruit d'une machine à laver, au moment de l'essorage. Une espèce de vibration bizarre et lointaine. Puis, dans la maison, le lustre s'est mis à osciller et les verres se sont entrechoqués sur l'égouttoir.
T'as crié : "La terre tremble !"
Je me suis dit qu'il fallait se réfugier sous une table. J'avais vu ça quelques jours plus tôt, à la télé, lors d'un reportage sur l'éducation des enfants japonais. Mais je n'ai pas bougé. J'ai senti le sol trembler sous mes pieds, légèrement. J'ai fermé les yeux et j'ai pensé : Si j'étais dans le métro à Paris, ce pourrait être une rame qui passe dans un tunnel. Si j'étais dans une station-service,

ce pourrait être le système de nettoyage automatique, avec ces deux brosses bleues et blanches qui avancent de part et d'autre d'un véhicule. Si j'étais dans un train, ce pourrait être une courbe empruntée à une vitesse excessive… Mais non, en réalité je suis dans une maison qui bouge, et si une faille s'ouvre juste sous nos pieds, elle va nous engloutir, et on va tous mourir.

Toutes ces idées dans ma tête… Et ça s'est arrêté.

T'as juste conclu d'une manière stupide, presque en bégayant :

"C'était un tremblement de terre."

Et moi, je n'ai pas eu le temps de mettre en pratique ce que j'avais appris.

J'aimerais que le temps ne cogne plus à mes tempes, mais le temps ressemble à l'horloge

comtoise de chez tes parents ; on ne peut jamais l'arrêter. Enfant, je collais mon corps contre la grande boîte en bois pour mieux entendre le son du balancier. Je me calmais de cette manière. Le temps s'écoulait alors à la même vitesse que mon cœur battait. C'était lent et doux. Rien ne pouvait troubler son battement régulier, pareil pour mon cœur. Nous étions tous les deux immortels, la comtoise dans sa boîte en bois et moi dans mon corps d'enfant. Cette comtoise-là, mon vieux, elle n'avait besoin de personne pour battre la mesure.
Le grand-père attendait toujours que j'aie le dos tourné pour remonter le mécanisme et les poids, et je faisais semblant de ne pas le voir.

Cela doit faire un quart d'heure que t'es tombé. On te trouvera là, comme ça.

Et moi assis à quelques mètres de toi, immobile.
On me montrera du doigt : il a tué son père en refusant d'appeler les secours.
Un parricide, ça s'appelle. Et ça n'existe pas que dans les tragédies grecques. Mais, moi, je n'ai jamais voulu te tuer. J'ai déjà eu assez de mal à lécher mes blessures pour éviter qu'elles ne s'infectent.
On m'accusera peut-être de "non-assistance à personne en danger". Mais s'il y a eu, un jour, une personne en danger, c'était moi. Ce qui se passe dans les huis clos familiaux est parfois plus terrible que la guerre. Il n'y a pas de caméras, pas de journalistes, pas d'observateurs ni d'envoyés spéciaux, pas de trace, pas de trêve. Et jamais d'armistice ou de clairon sonnant la fin des hostilités.

Verdun au-dehors, Verdun au-dedans.
Si je parle je suis un menteur.
Si je parle j'irai en enfer.
Alors je me tais, je ne bouge pas et j'attends.

Tu ne voulais pas que je grandisse afin de pouvoir continuer à jouir de la peur que tu m'inspirais quand tu levais la main vers moi.
Tu ne voulais pas que je devienne cet adolescent plus grand et plus fort que toi qui, c'est sûr, un jour oserait monter sur le ring et te tenir tête et t'envoyer contre les cordes sans même avoir recours à la violence.
Tu pressentais ta défaite, parce qu'on ne peut pas empêcher les enfants de grandir.
On peut juste les empêcher d'être heureux, et encore, cela ne dure qu'un temps.
T'as trouvé d'autres armes de destruction silencieuses, plus efficaces que les gifles.

Me dire que je n'étais rien et que je ne serai jamais rien.
Me crier que j'étais un inutile, un incapable.
Me traiter de minable et de pauvre type.
Me faire honte devant tes amis, la famille, et puis devant mes copains.
Te moquer de ma voix qui muait, de mes faiblesses, de mes erreurs, de mes maladresses.
Attendre que j'en fasse encore plus pour te moquer davantage.
Me pousser sans relâche dans un coin, acculé, sans me laisser la moindre porte de sortie.

Si t'avais aimé les chats, t'aurais compris ton erreur.
Pousse un chat dans un coin : tant qu'il aura un espace pour s'enfuir, il ne te

griffera pas. Il s'enfuira ou il restera là, sans bouger.

Bloque-lui maintenant toute issue ; il commencera par s'aplatir sur le sol dans un geste de soumission. Tu penseras avoir gagné et tu baisseras la garde. C'est alors qu'il te sautera dessus, pour sauver sa peau. Au détriment de la tienne. Une bombe à retardement.

Verdun, c'était une guerre de tranchées où les hommes s'enfonçaient dans la boue et le froid, avant de servir de chair à canon en partant à l'assaut des tranchées adverses. Ceux qui refusaient étaient passés par les armes.

Et puis il y a eu un grand silence. Le silence des vivants et le silence des morts, tout mélangé.

Parfois, aujourd'hui encore, un obus remonte à la surface, dans un champ de pommes de terre ou un terrain vague. Il est toujours prêt à exploser.

Tu disais : "T'exagères toujours, une petite gifle n'a jamais fait de mal à personne !" Mais si. Une petite gifle fait du mal à tout le monde. À celui qui la reçoit comme à celui qui la donne. Frapper un enfant laisse toujours des traces au fond de lui. Au Danemark, j'aurais pu te dénoncer. Tu aurais été foutu en prison, tout le monde t'aurait montré du doigt.
Ici, en France, je t'ai entendu dire à mon instituteur : "Une petite gifle n'a jamais fait de mal à personne." Et il t'a répondu : "Du moment que ce n'est pas moi qui la lui donne, bien sûr !" Et ça vous a fait rire.

Frapper est toujours une erreur, et vous n'en avez pas le droit. Pas plus toi que l'instituteur. Pas plus qu'un copain sur sa copine, pas plus qu'un homme sur sa femme ou son amant. Pas plus qu'un enfant sur un plus petit ou un plus fragile que lui, pas plus qu'un être humain sur un animal. Personne ne devrait avoir le droit de frapper, gifler, heurter, bousculer, meurtrir, blesser, mortifier, humilier. Personne.

Tout ça, faudrait quand même pas que je le dise trop fort, des fois qu'on m'entende. Des fois que ça me retombe sur la gueule. Au moins pas tout de suite. Attendre au moins d'être sûr que t'es bien mort. Mort pour de vrai, mort pour de bon. Attendre au moins d'être sûr que c'est ça que je veux et ne rien regretter.

Pendant des années, j'ai tout fait pour que ta violence reste à l'intérieur de toi, qu'elle ne déborde pas, qu'elle ne balaye pas tout d'un revers. Je ne comprenais rien, je désespérais et, au fond de moi, je me sentais incapable de ne pas te décevoir. Tes gifles puis tes mots-gifles arrivaient toujours au bon moment, je finissais par penser qu'elles étaient méritées, et j'avais peur, tout le temps, de ce qui pourrait arriver si…

Entre il tombe et une tombe. L'un est vivant et l'autre arrêté à jamais. Tu tombes, une tombe. Tu dors, t'es mort.

Il y a, dans la salle à manger, cette armoire dans laquelle se trouve un éclat d'obus fiché dans le bois. Elle appartenait à ton grand-père. Ce vieil homme, qui avait eu dix ans en 1914, a abreuvé ta propre

enfance de ces récits de guerre et de bombardements, de ces déluges de feux venus du ciel, de ces bruits de sirènes, la nuit, qui poussaient la population vers les caves et les abris les plus proches.
Le bruit, la fureur, les déflagrations.
Les enfants qui tombaient de sommeil et qu'on sortait du lit à la hâte. Et les hommes qui tombaient au champ d'horreur en même temps que les bombes.
Tomber, c'est une spécialité des hommes de ta famille. Un jour, ma mère m'a expliqué : "Quand j'ai connu ton père, il était narcoleptique. C'est-à-dire qu'il pouvait s'endormir et tomber n'importe où et n'importe comment, à n'importe quelle heure, parfois sans raison ou sous le coup d'une émotion. C'était impressionnant. Il n'y avait rien à faire, il fallait juste attendre qu'il se réveille.

Quand je l'ai rencontré… La première soirée qu'on a passée ensemble, il est tombé comme ça, à mes pieds, en sortant d'un concert. Des gens près de moi ont appelé les secours en me demandant s'il avait bu ou s'il se droguait. Je me suis affolée. On se connaissait à peine. Les pompiers m'ont tout de suite rassurée : « Ne vous inquiétez pas, on le connaît, il dort. Il va bientôt se réveiller. Il est narcoleptique. » Après, ton père a dit à ses copains que le premier jour où nous sommes sortis ensemble, il est littéralement tombé à mes pieds. Il adorait raconter ça. Le jour de notre mariage aussi, il est tombé… Et puis t'es né, et ça lui a passé."

À moi, tu n'as jamais raconté cette histoire. Et personne d'autre que ma mère ne me l'a racontée.

À ton mariage, t'as eu droit à un obus en

chocolat qui, en explosant, a laissé échapper des amandes et des dragées. Une spécialité de Verdun.

Se pourrait-il que tu te relèves ? Que tu époussettes tes vêtements, que tu te frottes la tête, que tu regardes à droite et à gauche, inquiet, pour savoir si quelqu'un t'a vu ?
Je me recroqueville le long du mur et te fixe. Tu ne bouges toujours pas. Si tu te réveillais…

Il y a un insecte, je crois qu'on appelle ça un rhinocéros, qui court sur le parquet. Je ne sais pas d'où il sort, je ne sais pas où il va. Il est passé à quelques centimètres du pot de peinture blanche et des chiffons. S'il continue tout droit il va heurter ton corps. Ou alors il va te grimper dessus parce que tu lui bloques le passage, afin de pouvoir

continuer son chemin. Parce qu'il doit continuer son chemin, coûte que coûte. C'est facile, pour un insecte, de grimper sur un homme inanimé étendu sur le sol. C'est une excursion en montagne, un jour de beau temps, ça peut même être amusant. Du sommet des pieds on voit les alentours, on sait que ça va redescendre un jour.
Le rhinocéros, finalement, te contourne et disparaît entre deux lattes de parquet, comme il était venu. Tu vois, même les rhinocéros ne te trouvent pas très drôle.
Un insecte, ça peut aussi s'écraser.

Je pourrais me lever, faire quelques pas, regarder ton visage et te pousser du pied, pour voir. Mais je n'ose pas. Allongé, tu parais plus grand, plus gros. Tu prends de la place. Tes mains, de chaque côté du corps, sont comme deux éventails ouverts. Je détourne les yeux, je n'aime pas regarder tes mains.

J'avais dix ans lorsque j'ai ramassé un caillou et l'ai volontairement jeté dans la fenêtre de la cuisine. Celle qui a une forme ronde. Celle dont tu disais toujours que le jour où il faudrait la changer, ça coûterait la peau des fesses.
T'avais pas précisé quelles fesses, je n'ai pas mis longtemps à comprendre qu'il s'agissait des miennes. T'as frappé très fort. Maman t'a dit : "Arrête."
Elle pleurait.
Tu ne t'es pas arrêté tout de suite.
J'avais encore en tête le bruit de la vitre quand elle s'est brisée. C'était un bruit plutôt joli, comme celui d'une cascade.

J'ai remonté mon pantalon en tremblant. Moi, je ne pleurais pas. Pour la première fois, la rage égalait la peur.

Peu à peu, j'ai cessé de penser que les punitions reçues étaient justes et méritées. Je n'ai plus jamais cherché à te déplaire, juste à me protéger. Tu voulais que je sois un bon élève ? Je l'ai été. Le seul terrain sur lequel je pouvais m'aventurer était celui des études. Tant pis, tant mieux : c'était un bonheur sans risque. Élève brillant d'une timidité maladive : j'ai tout fait pour qu'on m'oublie, pour que tu m'oublies. T'avais gagné. J'avais signé ma reddition. Autour de moi, mes rares copains m'avaient surnommé "l'intello triste".
Mais la vie, tu sais, quand on a seize ou dix-sept ans, on ne peut pas la museler. Et

le bonheur des autres, le bonheur de tomber amoureux... Je me disais tous les jours que c'était pas pour moi, que je n'étais pas assez bien pour ça. Je crevais d'y goûter, et j'en crevais de trouille rien que d'y penser.

J'ai rencontré Camille il y a dix mois. C'était un soir d'anniversaire chez ma cousine, la fille de ta sœur, à Morsbach.

Au début, aimer me faisait peur. Va comprendre pourquoi… J'avais tellement peur de tout, tellement peur des autres. Je ressentais la moindre pression des doigts sur ma peau comme une amorce de violence. J'avais peur qu'on me touche, qu'on me caresse. Je refusais qu'on s'intéresse à moi et qu'on m'aime. Et pourtant, quand j'ai vu Camille, dès la première fois, je n'ai plus aspiré qu'à ça : être aimé. Et pas d'une manière platonique, crois-moi. À partir de là, je ne me suis plus posé de questions. La beauté de Camille attire les regards et fait tourner les têtes, avec ses cheveux blonds et bouclés, son long corps aux muscles fins, sa démarche presque féline, ses yeux verts tirant vers le marron… Et l'incroyable s'est produit : l'intérêt a été réciproque, une étincelle entre nous, immédiate.

Camille a vingt ans, rit tout le temps et emprunte régulièrement le tandem vert pomme de ses parents. Au début de l'hiver nous sommes partis nous balader jusqu'au chêne des sorcières, près de Saint-Avold. Le soleil jouait entre les branches des arbres dénudés. Nous avons couché le tandem sur un chemin. Il faisait encore assez doux pour la saison et nous étions bien couverts. Nous nous sommes arrêtés pour écouter les oiseaux, et pour souffler un peu. On s'est assis côte à côte, j'ai passé mon bras autour de ses épaules. Sa tête est venue se nicher près de la mienne. Ses cheveux blonds chatouillaient ma joue. On est restés longtemps, comme ça, sans bouger. “T'aimes la nature,

toi ?” “Oui, et encore plus avec toi.” “T’as pas froid, c’est sûr ?” “Non, je suis bien.” Pour la première fois de ma vie j’étais avec quelqu’un qui m’aimait.
J’avais envie de faire l’amour, mais je n’arrivais pas à le lui dire, et encore moins oser le premier geste. Être amoureux, c’est un peu un miracle ; j’avais peur de tout gâcher en étant trop pressé. Pendant le trajet du retour, mes yeux se sont emplis de larmes. Tout me semblait trop beau, d’un seul coup. Un garçon qui pleure, c’est toujours un peu bête, mais personne ne l’a vu. Camille pédalait à l’avant, sans se retourner, en sifflant à tue-tête.
J’avais peur d’être aimé, peur d’une main sur ma peau, et peur que ses mains perdent patience et s’en aillent voir ailleurs, des garçons plus dégourdis que moi.

Mais Camille prend les choses avec humour et tendresse, et a attendu que je sois prêt, tranquillement.
La première fois que nous avons fait l'amour, je tremblais tellement que je n'arrivais pas à sortir le préservatif de son enveloppe. Camille avait ôté tous ses vêtements et riait. Sa nudité m'impressionnait, mais j'avais envie de son corps et de sentir ses mains sur moi. Ses mains n'ont jamais frappé personne. Et même si elles sont râpeuses et parfois crevassées, je les trouve belles.
Entre nous, c'est une histoire sérieuse.
Toi, tu ne l'as jamais accepté.
Camille travaille avec ses parents dans une petite coopérative agricole, en alternance avec une formation équestre. Ses parents, je les connais, je les vois souvent. Ils sont plus ouverts que toi.

D'où vient la violence et de quoi se nourrit-elle ?
J'ai longtemps cru que tu m'aimais, entre deux excès de rage et de colère. Mais j'ai trop vite baissé la garde. J'aurais dû me méfier. Je me suis relâché, moi aussi. Je ne te craignais plus autant. Je n'hésitais plus à te contredire. Tu ne me giflais plus, tu m'insultais un peu, tu me menaçais surtout :
"Si t'es pas heureux ici, t'as qu'à foutre le camp. On verra comment tu feras pour payer tes études, pauvre petit con."
Je préparais le bac. Je baissais la tête et serrais les poings. Quand c'était trop dur, je pensais à Camille.

Je ne sais pas ce que tu croyais ! Que j'allais te ressembler, que mes études si brillantes allaient te venger de celles que tu n'avais pas faites, que je serais toujours là où tu m'attendais, dans mes études comme dans le reste de ma vie ? Mais je suis brutalement sorti de ton mirage et de ces artifices, et j'ai changé de trajectoire, tout ça parce que Camille est un garçon.

Au début t'as rien dit parce que t'as pas compris. Et moi, j'étais trop amoureux pour voir venir les problèmes. Petit à petit, nous nous sommes moins cachés, Camille et moi.
Au mois de février dernier, t'es entré dans ma chambre sans prévenir, et tout a basculé. C'est à cause de ça que je reste là, aujourd'hui, sans bouger, avec toi étendu à mes pieds, et que je n'ai toujours pas appelé le Samu, ni les pompiers.

Ce jour de février là, je ne suis pas près de l'oublier.
T'es entré dans ma chambre et tu nous as surpris, Camille et moi, en train de nous embrasser.
D'abord t'as rien dit. T'as attendu que Camille s'en aille. Puis t'es revenu dans ma chambre.
Ma mère n'était pas là pour te dire "Arrête !", elle était partie pour le week-end chez une copine, à Metz.
Tu t'es campé dans l'embrasure de la porte et tu m'as hurlé à pleins poumons : "Qu'est-ce que tu faisais avec ce garçon ? Hein ? Qu'est-ce que tu faisais avec lui ?"
Tu m'as pas laissé le temps de te répondre. Je n'ai pas compris ce qui se passait. Camille venait juste de partir, j'avais encore le goût de ses lèvres sur les miennes.

Sous mon survêt j'ai gardé les marques de tes coups sur mes côtes, mes mollets et mes cuisses pendant des semaines.

Ce jour-là, j'ai cru que t'allais me tuer. T'as frappé très fort, et sans ajouter un mot. Ce jour-là, j'aurais préféré que t'accompagnes tes coups avec des insultes, j'aurais aimé entendre ta voix, que tu hurles encore, peut-être pour me persuader que celui qui me frappait sans mesure était un autre humain, comme moi, qui pouvait parler, comme moi. Pouvoir me dire que t'allais te fatiguer, que t'allais céder à mes gémissements et mes supplications. Que t'étais un humain, en plus d'être mon père. Que t'étais pas ce monstre dénué de sentiments et de chair, qui ne s'arrête jamais, qui ne plie jamais.

J'ai eu peur que tu me tues, ou que le monstre qui t'habitait me tue. Je me recroquevillais, je ne pensais plus à rien qu'à me protéger la tête, le nez, la bouche, la gorge, j'avais peur que mon corps ne s'écrase, ne se disloque et que tu me laisses exsangue, à l'agonie. Que je ne puisse plus me relever, plus parler, plus voir, plus entendre, plus parler. Que tout s'arrête. Ce que j'entendais, c'était mon sang qui battait dans mes tempes, et tes coups, ton souffle lourd, et ton silence d'inhumain. J'avais peur, mon corps avait peur, tellement peur que j'ai subitement cessé de penser, et je ne me souviens même plus du moment où tu t'es arrêté de me frapper.

La seule chose dont je me souviens, c'est que j'ai tremblé, des heures durant, en suffoquant sur le sol, incapable de me relever, et terrorisé à l'idée que tu reviennes me frapper, que tu ne te sois arrêté que pour mieux reprendre des forces.

J'ai tremblé pendant des heures et la terreur s'est glissée sous ma peau, dans mes veines, dans mon ventre, dans mon sexe. Il faisait nuit quand je me suis relevé, en gémissant de douleur, les dents serrées de peur que tu ne m'entendes. Mes lèvres saignaient un peu. J'avalais le sang. Je n'osais pas me toucher le corps, j'avais l'impression qu'il n'était plus entier, qu'il était peut-être même éparpillé partout dans la pièce. Je suis parvenu à me coucher, tout habillé, toujours en tremblant, et j'ai eu l'impression de tomber dans un puits, tomber, tomber, que j'allais m'écraser au fond et mourir. Je me suis endormi comme ça, en me disant que j'étais en train de mourir.

Le lendemain, t'es entré dans ma chambre, et j'ai cru que tout allait recommencer. Mais t'es resté sur le seuil et tu m'as lancé d'une voix bizarre : “Va prendre une douche et mets de l'arnica sur tes bleus. Il reste des nouilles dans le frigo, dans un saladier si tu veux déjeuner. Ne dis rien à ta mère.”

J'ai attendu la suite, que reviennent les menaces, les insultes. Que tu dises : “Ne dis rien à ta mère ou je te démolis.”

Mais non, t'as juste terminé par “Ne dis rien à ta mère”, et tu t'es barré.

Je n'ai rien dit à ma mère. Bien avant son retour, je suis allé prendre une douche, obéissant, j'ai nettoyé ma lèvre légèrement fendue et le sang qui avait séché sur ma joue. J'ai mis de l'arnica sur mes bleus. J'étais incapable de penser, j'avais l'impression persistante que mon corps n'était plus là. Je crois que je n'avais pas mal. J'ai juste bricolé une vague explication d'une chute en essayant la mob d'un copain, au cas où.

Camille m'avait laissé au moins quinze SMS sur mon portable auxquels je n'ai pas répondu. Comme s'il avait senti que j'étais en danger, qu'il m'était arrivé quelque chose.

Je n'ai rien dit à ma mère et ma mère n'a rien vu.

Toi, t'as fait comme si rien ne s'était passé entre nous. T'as continué à m'ignorer ou à m'engueuler, mais tu ne m'as plus frappé. Tu ne t'es pas excusé non plus. Jamais un "J'ai pété les plombs, ça ne se reproduira plus", ou "Je ne sais pas ce qui m'a pris". Rien.

C'est difficile à pardonner.

Mon corps a cicatrisé en enfermant la douleur au-dedans. Lorsque j'ai vu Camille quelques jours plus tard en sortant du lycée, j'ai repoussé ses caresses. Je tremblais lorsqu'il s'approchait. S'il posait sa main sur ma cuisse, je lui disais : "Enlève ta main, s'il te plaît, tu me fais mal." J'avais peur de ses mains, j'avais peur de son corps. Je ne voulais pas lui parler, j'avais honte. Je le fuyais. Il m'a demandé : "Qu'est-ce qui se passe ? Qu'est-ce qui t'arrive ?" Il était inquiet. Mais je n'arrivais pas à lui répondre alors il a soulevé doucement mon t-shirt et il a vu les bleus. Il m'a demandé d'enlever mon pantalon, d'une voix blanche. Je lui répétais que c'était rien. Il a insisté. Sa voix me faisait peur. Je lui ai obéi. J'imaginais que si je disais non, il allait lui aussi me frapper, comme toi. Et j'avais

honte de penser ça de Camille, qui n'a jamais frappé personne, ni giflé, ni fait peur, ni blessé.
J'ai enlevé mon pantalon, les yeux baissés. J'avais honte. Camille ne m'a pas touché. Il a regardé les bleus sur mes cuisses, mes mollets et mes côtes. Il n'arrêtait pas de répéter, entre ses dents : "Putain, le salaud, putain, le salaud."
Je tremblais. Je me suis rhabillé. Je me sentais humilié qu'il me voie comme ça. Comme il ne pouvait plus me toucher sans que je le repousse, il a juste pris mes mains et les a enfermées dans ses mains à lui, toutes râpeuses et toutes chaudes. Et mes mains dans les siennes, c'était supportable. On est restés comme ça longtemps. Je n'arrivais pas à relever la tête. Petit à petit, j'ai senti quelque chose se détendre en moi, et

c'est vraiment à ce moment-là que j'ai commencé à avoir mal partout.
Camille m'a dit de porter plainte contre ce putain de salaud qui m'avait fait ça. Il savait que c'était toi, que ça ne pouvait être que toi.
Il m'a tendu un morceau de papier : "Le 119. Appelle le 119. Il faut que tu portes plainte pour sévices et mauvais traitements, mise en danger d'autrui, abus de pouvoir. Si c'est pas toi qui le fais, c'est moi qui appelle."
J'ai supplié Camille : "Si je porte plainte contre mon père, il te dénoncera pour détournement de mineur. T'as vingt ans et j'en ai dix-sept. Il trouvera vite où t'habites. C'est lui qui gagnera, pas toi. Il dira que j'ai menti, et ce sera sa parole contre la mienne. Il foutra ta vie en l'air et ma vie aussi par la même occasion."

C'est peut-être de toi que j'ai hérité ce pragmatisme. J'étais en terminale. Je ne voulais pas échouer si près du but.
J'ai supplié Camille : "N'appelle pas, s'il te plaît. Si t'appelles, ça va être l'enfer. Je passe le bac dans quatre mois, je dois réviser tranquille. Je te promets que s'il recommence, là oui, c'est moi qui appellerai. C'est la première fois qu'il me fait ça, je te jure."
Camille m'a demandé : "C'est à cause de nous deux, c'est ça ? Ton père, il aime pas les pédés, c'est ça ?"
Je l'ai rassuré : "Mais non, bien sûr que non, t'es bête…" Puis, très vite : "Ne t'en fais pas, je suis sûr qu'il ne recommencera pas."

Mais comment être sûr que tu n'allais pas recommencer ? Je n'avais pas renoncé à Camille – même s'il ne venait plus à la

maison –, et toi, tu n'avais pas renoncé à tes idées à la con – même si tu ne le disais pas.
J'aurais dû appeler le 119, ce jour-là.
J'aurais tremblé en composant le numéro.
J'aurais tremblé en exposant les faits.
Alors que maintenant…
Il faudra que j'explique pourquoi je n'ai pas appelé le Samu, pourquoi je n'ai pas composé le 15, pourquoi je n'ai rien fait pour te sauver.
Et c'est moi qui serai condamné.

Si je parle, ma mère ne me croira pas, elle dira que j'ai tout inventé, que tu ne m'aurais jamais frappé comme ça. Qu'une gifle de temps en temps, oui, parce qu'une gifle, ça n'a jamais fait de mal à personne. Mais des coups qui laissent des traces et des marques et des bleus, et du sang, ça jamais. Elle dira que je suis un fabulateur, un menteur et un assassin, parce que je n'ai pas appelé les pompiers alors que je sais très bien qu'en cas de malaise cardiaque, il faut…

Je le sais très bien parce que mon grand-père, ton propre père, est mort comme ça, d'une crise cardiaque, tout seul dans son jardin. Et quand ma grand-mère l'a trouvé, il était déjà froid, le nez dans une rangée de carottes. Depuis, elle ne veut même plus jardiner.

Je l'aimais bien, ce vieux. C'était pas un causeur, mais je l'aimais bien. Il me racontait qu'il avait travaillé dans les aciéries de Longwy, longtemps avant ma naissance. Il me montrait des photos de ses copains, il m'expliquait son travail. Quand les aciéries ont fermé, ils l'ont mis en pré-retraite. Ma grand-mère disait que ça avait failli le tuer. Mais il était plus costaud qu'elle ne l'imaginait, le vieux. Il avait découvert le jardinage, il passait ses journées à bêcher, retourner la terre, semer, planter…

Et il est mort et ma grand-mère ne s'en est aperçue que le soir, parce qu'il ne revenait pas et que la nuit tombait. Peut-être qu'elle l'a appelé, comme elle le fait avec le chat quand il court après les femelles et qu'il tarde à revenir. Et comme il ne répondait toujours pas, elle est allée le chercher au jardin, et c'est là qu'elle l'a trouvé, le grand-père, le nez dans ses carottes et déjà tout froid.

De toute manière, y a pas de défibrillateurs dans les potagers de Lorraine.

Toi, t'as jamais aimé le jardinage, ni les fleurs, ni les arbres, ni les oiseaux, ni les animaux en général. Et tu ne pouvais pas partir comme ton père, discrètement, sans faire chier le monde. Fallait que tu t'écroules devant moi, là, alors que tu finissais de repeindre le salon. En blanc.
T'aurais mieux fait de choisir une autre couleur. Du gris foncé ou du noir.

Je me demande si ma mère va prendre le deuil. Je l'imagine avec une petite voilette noire devant les yeux, jupe et chemisier sombres. C'est ridicule. J'ai dû voir ça dans un film ou lire ça dans des bouquins. Je n'ai jamais vu ma mère porter un chapeau, et je ne me souviens pas de l'avoir vue autrement qu'en pantalon, de couleur vive de préférence.

Toi, oui, tu t'habilles toujours de couleurs ternes. D'absence de couleur. Ne pas se faire remarquer, rester dans le rang, ne pas faire de vague, respecter la loi, marcher dans les clous…
Chez les oiseaux, c'est souvent le mâle le plus coloré, et la femelle plus terne. Chez nous, c'est le contraire.
Toi, tu ne l'as jamais frappée, ma mère. Les coups et les gifles, c'était juste pour moi, pour mon bien. L'idée que tu te faisais, sans doute, d'une éducation réussie. Pour ma mère, tu avais d'autres idées. Tu l'invitais au restaurant, tu lui offrais des fleurs, tu l'aidais à préparer les repas…
Tu lui disais souvent : "Laisse, je vais le faire, je vois que t'es fatiguée."
Puis tu m'insultais parce que je ne l'aidais pas assez. Je filais dans la cuisine surtout pour ne

plus t'entendre. Ma mère me rabrouait gentiment : "Va dans ta chambre, t'as des devoirs à faire, je n'aime pas t'avoir dans mes pattes quand je cuisine, tu risques de casser quelque chose et te faire engueuler par ton père."

J'ai cru te voir bouger. Je ne vois pas ton visage, mais tes jambes ont tressauté. Il s'agit peut-être d'un mouvement réflexe. On dit qu'un canard à qui on vient de couper la tête peut continuer à marcher un bon moment, bien que décapité.

Ou bien c'est ton cœur qui lutte pour ne pas cesser de battre.

Il suffirait alors qu'un pompier ou un médecin se penche vers toi avec son défibrillateur, qu'il te pose les électrodes là où il faut, et tout rentrerait dans l'ordre, tout redeviendrait comme avant.

Je n'ai pas tellement envie que tout redevienne comme avant.

J'en suis désolé. J'aurais sans doute préféré t'aimer comme un enfant aime ses parents, normalement. Sans qu'il y ait de peur entre nous, sans qu'il y ait de haine au-dessus de la peur, comme un couvercle étanche.
J'ai essayé de remonter le temps et d'imaginer ce que ça aurait pu être. J'ai abandonné parce que ça me faisait mal, parce que je ne comprenais plus comment et pourquoi on peut aimer quelqu'un qui vous insulte et vous crache à la gueule, comme ça, pour rien.
J'entends la voix de la famille : "C'est ton père, quand même !"
Oui, quand même, t'es mon père, et tu m'as donné la vie. Est-ce que ça t'a aussi

donné le droit de porter la main sur moi ? De m'insulter, de me mépriser, de me rabaisser, puis de me faire payer dans ma chair le fait d'aimer quelqu'un qui ne te plaît pas ?
T'as failli réussir, il s'en est fallu de peu que tu me casses comme un jouet, mais je me suis extirpé à temps de la toile d'araignée de malheur dans laquelle tu m'avais enfermé. S'il n'y avait pas eu Camille…

Je n'ai sans doute pas plus le droit de t'abandonner, là, en ce moment, à la mort qui rôde. Je le fais pourtant, comme une vengeance au goût amer. Je tiens bon, je n'appellerai pas le Samu, et quand ils arriveront, ce sera trop tard.
On ne revient jamais en arrière, on ne renoue pas ce qui a été dénoué, on ne

répare pas ce qui a été bousillé. Mais on peut trouver le bonheur ailleurs.
Au début, chez les parents de Camille, j'étais intimidé et maladroit. Je n'avais pas l'habitude, j'essayais de ne pas montrer que je sortais avec leur fils. Mais ils m'ont dit : "Arrête tes manières ! Le principal, c'est d'être heureux. Alors si vous l'êtes tous les deux, y a pas de problème."
Ce sont des gens bien, intelligents et généreux.
Avec eux, je me suis rappelé qu'il existait des familles où la peur est absente. Camille a deux sœurs plus âgées que lui : Coraline, qui suit en alternance une formation en agriculture biologique, et Anna, enseignante dans le sud de la France. Elles sont revenues toutes les deux pour la saison des mirabelles. Elles sont très sympas.

C'est une famille unie. Parfois Camille s'engueule avec son père, mais on voit qu'ils se respectent, tous les deux, et ils finissent toujours par s'accorder. Quand je dînais chez eux, j'entendais ta voix dans ma tête qui me crachait : "Si t'es pas content à la maison, t'as qu'à foutre le camp et te démerder pour payer tes études..."

Lorsqu'un papillon déploie ses ailes, c'est qu'il va s'envoler.
Depuis février, je vivais à tes côtés sans respirer. Je voyais Camille en dehors de la maison, même quand t'étais pas là. Trop peur que tu rentres à l'improviste. Trop peur que tout recommence.
Au printemps, j'étais en pleines révisions. Je savais que j'aurais le bac sans problème. Dès le départ, mon objectif était d'obtenir

une mention très bien afin d'avoir le plus de chances d'être accepté dans les classes prépas pour lesquelles j'avais postulé. Mais ma rencontre avec Camille a changé la donne. D'un côté, il me donnait envie de bouger, d'être au grand air, de faire quelque chose avec mes mains, mes bras, ma force. De l'autre, il y avait ces grandes écoles qui s'ouvraient devant moi. Mais je savais qu'avec toi il n'y aurait pas de demi-mesure, pas de compromis possible : je n'aurais l'autorisation de partir qu'une fois mes études achevées.

J'ai commencé à peser le pour et le contre. Si je quittais la maison, je ne pourrais pas mener de front des études et un travail pour me nourrir. Au moins pas tout de suite, et pas comme je l'avais prévu. J'avais bien un peu de fric sur mon livret d'épargne, mais pas suffisamment. Tout se bousculait. Renoncer à mes études, c'était un peu sauter dans le vide sans parachute. Mais j'avais aussi l'exemple de Camille qui continuait à étudier en alternance, comme sa sœur. Je me disais que, moi aussi, peut-être…

J'ai eu mon bac en juin dernier avec un an d'avance et une mention très bien. Pour une fois t'avais l'air content, mais c'était trop tard, je m'en fichais. J'avais d'autres idées en tête.
Dès l'annonce des résultats, ma décision était prise. Je me suis donné jusqu'à fin août pour être sûr.

En juillet, t'es parti quelques jours en stage avec ta boîte. J'en ai profité pour aller voir Camille chez ses parents. Un

soir, son père m'a lancé : "Je n'ai jamais vu Camille aussi heureux que depuis qu'il te connaît. Alors pourquoi tu viendrais pas nous aider à ramasser les mirabelles ? Ça te ferait du fric, ça nous ferait deux bras en plus, et tu serais avec ton chéri toute la journée."
Camille se marrait et sa mère a dit à son père "Eh ben, tu perds pas le nord, toi !" avant de le traiter d'exploiteur, en rigolant.
C'est comme ça qu'à ton retour de stage, je t'ai dit que j'avais trouvé du travail pour le mois d'août. La cueillette des mirabelles, évidemment, pour quelqu'un comme moi qui se préparait aux grandes écoles, t'as trouvé ça ridicule. Ma mère a renchéri en disant que c'était ridicule mais qu'au moins ça me montrerait ce que c'est qu'un boulot ingrat qui n'est pas fait pour moi, et que ça

me dégoûterait à vie de la campagne et des paysans. Ma mère a toujours eu des dons de clairvoyance.
T'as accepté de justesse en te rangeant à ses arguments.
Comme c'était loin et pas très facile d'accès, t'as aussi accepté que je sois logé sur place, puis t'as téléphoné aux parents de Camille, et donné ton accord. Je ne sais pas si t'as compris où j'allais et avec qui, tu ne m'en as jamais parlé.

La cueillette des mirabelles, c'est crevant, mais j'ai appris qu'on pouvait bosser dans la bonne humeur et les rires, et y trouver de la satisfaction. On était une vingtaine à table le midi, et l'ambiance était excellente : on aidait au repas à tour de rôle, on nettoyait ensemble, on chahutait même un peu avant de reprendre

le boulot. Le soir, je m'écrasais de fatigue dans la chambre de Camille. On m'a trouvé costaud et solide à la tâche. J'ai aimé ça. Le travail physique ne me fait pas peur, j'en ai tiré encore plus de plaisir que je ne le pensais. Camille et moi, on ne se quittait quasiment pas, et sa mère nous couvait du regard.
Je n'ai jamais été aussi heureux de ma vie.

Alors voilà, les mirabelles, c'est fini depuis quelques jours, et si j'avais encore des hésitations, elles ont été balayées. Tu as vu mes mains ? Elles sont devenues râpeuses et griffées, je les trouve belles.

Le dernier problème qui me restait à affronter, c'était toi.
Avec Camille, j'ai pris confiance. Se défendre, ça n'est pas que physique, c'est aussi

dans la tête. Je me suis répété ces phrases-là pendant des semaines, jusqu'à ce que j'y croie. Parce qu'avec toi, je perds vite mes moyens. Alors je me suis préparé. J'ai tout affûté, mes arguments, mon attitude, tout. Je savais déjà ce que tu allais me dire, la manière dont tu allais essayer de me déstabiliser, de me diminuer.

Physiquement, j'ai aussi pris des cours d'autodéfense avec des copains, en cachette. Au cas où.

L'amour, ça te donne le courage de tout faire.

Ma rentrée en classe prépa, c'est la semaine prochaine.

Je n'avais laissé aucun détail de côté. J'avais tout préparé, y compris le lieu de l'affrontement, dans cette pièce presque vide, et le moment précis : celui où tu es de

bonne humeur. Parce que tu aimes bricoler et peindre en écoutant des chansons stupides à la radio.
J'étais prêt à te tenir tête, prêt à entrer dans l'arène, et te dire : j'arrête tout. J'arrête mes études et je me casse. Dans ma chambre, mon sac est fait, avec les quelques rares bricoles auxquelles je tiens vraiment. À la coopérative agricole, ils ont du boulot pour moi et sont d'accord pour m'embaucher. Dans quelques jours, c'est la cueillette des quetsches qui commence.

Il y a bientôt une heure que je suis entré dans la pièce que tu étais en train de repeindre.
Je t'ai dit : "Il faut que je te parle."
Tu m'as lancé : "C'est pas le moment."
Je t'ai dit : "Ça sera pas long."

T'as posé ton pinceau en équilibre sur le pot de peinture et tu t'es essuyé les mains à l'aide du chiffon qui se trouvait à côté.
T'as grogné : "Alors quoi ?"
J'ai respiré calmement et je t'ai dit : "J'arrête, j'arrête tout. J'arrête mes études, je ne rentre pas en prépa la semaine prochaine."
J'arrête de croire que nous ferons un jour la paix, toi et moi, comme s'il ne s'était jamais rien passé entre nous.
J'arrête d'avoir peur de toi.
J'arrête, j'arrête tout.
T'as compris, je crois.
Tu m'as regardé d'un air bizarre et t'es tombé avant que je n'achève ma phrase.

Voilà, c'est tout, c'est terminé.
Tu ne m'as pas laissé finir, comme d'habitude. Tu t'es défilé en t'écroulant à mes pieds.

J'avais tellement répété ce que j'avais à te dire que, sur le moment, je me suis senti aussi perdu qu'un comédien privé de son public. Si l'objet de ma rage disparaît, que restera-t-il de ma rage ?
J'ai gagné par KO, sans avoir à combattre, et je n'ai pas appelé le Samu.
D'ailleurs, si ça se trouve, t'es même pas mort. Tu t'es simplement endormi pour ne pas avoir à m'écouter.

Cinquante minutes se sont écoulées, une à une. Je les ai toutes vécues, intensément. Il y a des années que nous n'étions pas restés aussi longtemps ensemble, toi et moi, sans un seul échange d'insultes ou de gifles. Cinquante minutes avec toi, en paix tous les deux.
Je regarde ma montre. Oui, cinquante minutes, bientôt cinquante et une.

Je te regarde étendu sur le sol et je te souris. Tu sais ce que je pense, en ce moment ? Je pense que je ne t'aime plus mais que ça n'a pas d'importance. Après tout, rien ne m'y oblige. Je suis en paix avec moi-même et, en attendant, je t'ai dit tout ce que j'avais à te dire. Tant pis si c'est trop tard, tant pis pour toi si tu n'as pas entendu.

Je ne comprendrai peut-être jamais pourquoi t'as agi de cette manière à mon égard, mais je m'en fous : la vie est trop belle pour qu'on s'arrête longtemps aux portes des cimetières. Et ma vie, elle est devant moi, entière, libre et désentravée.

Alors je vais aller chercher mes affaires dans ma chambre et m'en aller.

M'en aller vite, avant que quelqu'un n'arrive et nous surprenne.

M'en aller vite, avant de voir que tu respires encore, que t'es narcoleptique et que tu dors. M'en aller vite, avant que tu n'ouvres les yeux.

Amiens. Montperreux. Paris, 2009.

L'AUTEURE

Après des études de graphisme et de reliure artisanale, Cathy Ytak a fait de nombreux petits boulots avant de se tourner vers le journalisme professionnel, puis la traduction (du catalan) et l'écriture. Elle écrit aussi bien pour les enfants (*Rendez-vous sur le lac, Sept contes en balade*, éd. de La cabane sur le chien ; *L'Arrestation*, éd. MDI) que pour les ados (*Rien que ta peau*, « D'une seule voix », Actes Sud Junior ; *L'Ombre d'Adrien* et *Les Murs bleus*, Syros) et les adultes (*Le Cimetière d'Arhus*, éd. Thierry Magnier). Elle partage son temps entre la région parisienne et un petit village du Haut-Doubs.

DANS LA MÊME COLLECTION :

GILLES ABIER
Le jour où je suis devenue mytho
La piscine était vide

JEANNE BENAMEUR
Le Ramadan de la parole

JEAN-PHILIPPE BLONDEL
Un endroit pour vivre

BERNARD FRIOT
Rien dire

VIRGINIE JOUANNET ROUSSEL
Vestine, une légende noire

AHMED KALOUAZ
Si j'avais des ailes

VINCENT KARLE
Un clandestin aux Paradis

BORIS LE ROY
Ma première fois

MALIN LINDROTH
Quand les trains passent...

SUSIE MORGENSTERN
Tes seins tombent

WAJDI MOUAWAD
Un obus dans le cœur

JEAN-MICHEL RIBES
Monsieur Monde

CARINE TARDIEU
Je ne suis pas sœur Emmanuelle

ANCA VISDEI
Je ne serai pas une femme qui pleure

NADIA XERRI-L.
Julie telle que

CATHY YTAK
Rien que ta peau

CATHERINE ZAMBON
Kaïna-Marseille

Achevé d'imprimer en septembre 2010
par l'Imprimerie Floch à Mayenne pour le compte des éditions
ACTES SUD, Le Méjan, place Nina-Berberova, 13200 Arles.

Dépôt légal – 1re édition : octobre 2010 – N° d'impression : 77501
(Imprimé en France)

50 minutes avec toi

Une collection dirigée par Jeanne Benameur et Claire David

Des textes d'un seul souffle. Les émotions secrètes trouvent leur respiration dans la parole.
Des textes à murmurer à l'oreille d'un ami, à hurler devant son miroir, à partager avec soi et le monde.

La grosseur du caractère a été spécialement étudiée pour faciliter une lecture à voix haute.

Illustration de couverture :
Anne-Marie Adda

Conception graphique : Guillaume Berga
Maquette : Christelle Grossin

978-2-7427-9267-2.

Loi 49-956 du 16 juillet 1949
sur les publications destinées à la jeunesse